AF313850

# VENTE DE BIENFAISANCE

ORGANISÉE

PAR

## L'ASSOCIATION DES ARTISTES

PEINTRES, SCULPTEURS, ARCHITECTES, GRAVEURS ET DESSINATEURS

AU PROFIT

## De la Veuve de Jules HÉREAU

ET DE SES ENFANTS

Quantin imprimtur
S. Benoit, 7, à Paris

# VENTE DE BIENFAISANCE

ORGANISÉE

## PAR L'ASSOCIATION DES ARTISTES

PEINTRES, SCULPTEURS, ARCHITECTES, GRAVEURS ET DESSINATEURS

AU PROFIT

## De la Veuve de Jules HÉREAU et de ses Enfants

DE

# TABLEAUX

## AQUARELLES

### DESSINS, TERRES CUITES, BRONZES, ETC.

### OFFERTS PAR LES ARTISTES

## HOTEL DROUOT, SALLE N° 8

## Le Vendredi 6 Février 1880

A DEUX HEURES PRÉCISES

---

PAR LE MINISTÈRE DE M<sup>e</sup> **Léon TUAL**, COMMISSAIRE-PRISEUR

59, rue de la Victoire

ASSISTÉ DE **M. Georges PETIT**, RUE SAINT-GEORGES, 7

ET DE **MM. MARTIN** ET **PASCHAL**, RUE SAINT-GEORGES, 29

Avec le concours de M<sup>e</sup> BOUSSATON, délégué de l'Association

*Chez lesquels se délivre le Catalogue*

---

## EXPOSITIONS

| PARTICULIÈRE | PUBLIQUE |
|---|---|
| Le Mercredi 4 Février 1880 | Le Jeudi 5 Février 1880 |
| DE 1 HEURE A 5 HEURES | DE 1 HEURE A 5 HEURES |

# CONDITIONS DE LA VENTE

Elle sera faite au comptant.

Les acquéreurs payeront 5 pour 100 en sus des adjudications, applicables aux frais.

*Dès le lendemain de la mort de Jules Héreau, — mort imprévue qui laissait sans ressources une jeune femme et deux enfants, et qui privait l'école de paysage d'un artiste sans cesse en progrès sur lui-même, — on pensa de toutes parts à venir en aide à son intéressante famille. La Presse rappela cette situation au sous-secrétaire d'État près les Beaux-Arts, qui, spontanément, avait déjà fait offrir un secours, et elle sollicita la ville de Paris [1] d'utiliser dans ses écoles le talent de M$^{me}$ veuve Héreau. Celle-ci, sous son nom de Louise Darru, a fait recevoir à plusieurs salons de brillants tableaux de fleurs. — Un comité se recruta parmi les vieux camarades de Héreau, et envoya des circulaires à tous les ateliers pour obtenir les éléments d'une vente fructueuse.*

*Tous ces appels à un acte légitime et généreux ont été entendus.*

*La vie de Jules Héreau avait été un long débat entre l'impétuosité de sa nature et la dureté des événements; il était, dans la vie comme dans sa peinture, un nerveux et un convaincu; il était vif et facile à abattre, distingué de parole et loyal de caractère, railleur mais sensible, s'exaltant aux illusions et plein de dévouement. Il restait jeune alors que les grains de sable qui font masse dans le sablier et que la vie de ménage qui ramène sans cesse aux préoccupations de la vie courante, eussent alourdi déjà une nature moins dépensière de sa verve, de son cœur et*

[1] *Jules Héreau, né à Paris en 1829, y est mort en juin 1879.*

de son talent. Héreau n'a pas fait d'envieux, et jamais les
sympathies ne s'étaient groupées aussi vives qu'au moment où
la roue d'un wagon le tua.

Je voudrais nommer tous les cœurs droits qui sont venus
témoigner de leur bonne volonté en apportant à cette vente le
double appui de leur talent et de leur notoriété. Mais la Notice
de ce catalogue va m'éviter une énumération au cours de laquelle je n'aurais eu le droit de placer personne ni en premier
ni en dernier, le mérite du don ayant été en soi partout le même.
Un dévouement a résumé tous ceux que je pourrais citer ici dans
la mise en œuvre. L'Association des Artistes peintres, sculpteurs,
graveurs, etc.,—à la caisse de laquelle revient le capital de cette
vente dont elle servira les intérêts à la famille Héreau.—L'Association compte un membre nouveau, M. Boussaton, qui lorsqu'il
instrumentait comme commissaire-priseur, s'était fait une spé-
cialité toute désintéressée de ces adjudications charitables. Au-
jourd'hui M. Boussaton s'est consacré à rappeler à temps les
promesses, à pousser les retardataires, à redoubler les démarches
et les courses, à organiser le détail final d'une campagne déli-
cate et compliquée.

Tout concourt à appeler les amateurs à l'hôtel Drouot, le
mercredi 4 février prochain, pour l'Exposition privée, le lendemain 5 pour l'Exposition publique, et enfin le vendredi 6 février
pour la Vente qui, en présence de la qualité et de l'abondance
des envois, sera probablement continuée le soir. Ils trouveront là
des tableaux et des études signés des noms les plus demandés et
applaudis, des aquarelles et des dessins, des épreuves de remar-
que d'eaux-fortes rares, des céramiques de choix, des albums et
jusqu'au sonnet autographe d'un de nos poètes les plus délicats.

Nous savons des amateurs dont les choix sont déjà faits.
Les collaborateurs à cette œuvre confraternelle sont donc assurés
d'avoir rempli leur but.

PH. BURTY.

# DÉSIGNATION


### ARCOS

1. — Une Figure.

### ACHEIM (d')

1 *bis*. — Paysage.

### ALLONGÉ

2. — Sous bois.

### ARCOS

3. — Une Figure.

### AROSA

3 *bis*. — Fleurs.

### AUBE

4. — Rabelais; terre cuite.

### AVIAT

5. — La Reine de Hongrie soignant ses enfants malades; dessin.

## BARILLOT

**6.** — Le Matin.

## BARTHOLDI

**7.** — Le Lion de Belfort; terre cuite.

## BASTIEN-LEPAGE

**8.** — Deux Fillettes; dessin.

## BEAUVAIS

**9.** — La Pêche à la ligne.

## BEAUVERIE

**10.** — Paysage.

## BÉGUIN

**11.** — Marine.

## BELLÉE (L. DE)

**12.** — Récolte de goëmons sur la côte de Cornouailles.

## BENNER (EM.)

**13.** — Au sortir du bain.

## BENNER (Jean)

14. — Empereur Romain.

## BELLET

14 *bis*. — Une Aquarelle.

## BÉRAUD (Jean)

15. — Une Parisienne.

## BERTON (Arm.)

16. — Portrait de M^{lle} X ; esquisse.

## BERTHON

16 *bis*. — Une Figure.

## BLUM

17. — Chez la fermière.

## BODMER

18. — Une Aquarelle.

## BONHEUR (A.)

19. — Animaux.

## BOMBLED

20. — Vedette démontée.

## BONNAT

21. — Esquisse d'après Velasquez.

## BOULARD (Auguste)

22. — Une Plage.

## BONNEFOY

23. — La Plaine de Wicardenne.

## BONNEFOY

24. — Cavaliers en forêt.

## BATAILLE

25. — Paysage.

## BOETZEL

26. — Une Gorge près de Roquebrune ; fusain.

## BOUDIER

27. — Le Chemin du Dachet, Flandre française.

## BOUDIN

28. — Plage de Normandie.

## BOUGUEREAU

29. — Bergère; dessin.

## BOULARD

30. — Un Marché aux poissons.

## BOURGES (M<sup>lle</sup> Léonide)

31. — Les Petites Bûcheronnes; effet de neige.

## BRAQUEMOND

32. — Comment Panurge fait quinault l'Anglais qui arguait
par Ignès.

## BRANDON

33. — Dessin.

## BRETON (Émile)

34. — Marine.

## BRETON (Jules)

35. — Jeune paysanne endormie dans un arbre.

## BRETON (Virginie)

36. — Petit Enfant portant un nid.

## BRILLOUIN (G.)

37. — Italienne.

## BRUNEAU (Mme)

38. — Marine.

## CALS

39. — Jeune mère.

## CASSATT (Mlle)

40. — Étude au pastel.

## CAZIN (Mme)

41. — La Côte de Bexhill (Angleterre).

## CHAIGNEAU

42. — Paysage avec Animaux.

## CHARCOT (Mme)

43. — Esquisse.

## CHOISNARD

43 *bis.* — Étude au fusain.

## CLAIRIN

44. — Souvenir d'Algérie, aquarelle.

## COLIN (GUSTAVE)

45. — Marine.

## COLIN (PAUL)

46. — Une Écurie au bord de la mer.

## COLIN-LIBOUR (M<sup>me</sup>)

47. — Saïka; tête d'enfant exposée au Salon de 1879.

## COTTIN

48. — Poulailler.

## COUTURIER (P.-L.)

49. — Canards et Canetons.

## COUTURIER

50. — Un Vase peint.

## CURZON (A. DE)

51. — Souvenir des bords du Tibre à Rome.

## DAMOYE

52. — Plage normande.

## DAUVERGNE

52 *bis*. — Paysage.

## DANTAN

53. — Un Cardinal.

## DARRU (LOUISE)

53 *bis*. — Valse des roses.

## DAUBIGNY

54. — Barque; dessin.

       Offert par M. Barbedienne, encadreur.

## DAUBIGNY (K.)

55. — Bords de rivière.

       Offert par M. Barbedienne, encadreur.

## DÉTAILLE

56. — Soldat du génie; dessin.

## DELAMARRE

57. — La Déclaration chinoise.

## DELAPLANCHE

58. — Tête d'Italienne; terre cuite.

## DEMARLE (G.-A.)

59. — Musette perdue.

## DEMONT (Adrien)

60. — Paysage.

## DESBORDES (Mˡˡᵉ Louise)

61. — Fleurs.

## DESRIVIÈRES (Gabriel)

62. — Fleurs.

## DEVILLAIRE (A.)

63. — Forêt de Marly; dessin à la plume.

## DORÉ (G.)

64. — Dessin.

## DUBOURG

65. — Bassin d'Honfleur.

## DUBOURG (M<sup>me</sup> V.)

66. — Fleurs.

## DUEZ

67. — Une Parisienne.

## DUPAIN (E.)

68. — La Seine à Rosny.

## DUPAIN (E.)

69. — Les Étangs de Chaville.

## DUPRÉ (Julien)

70. — Glaneuse.

## DUPRÉ (Jules)

70 *bis*. — Paysage.

## DURAN (Carolus)

71. — Étude.

## DURANGEL (Léop.)

72. — Femme nue.

## EDWARD (feu Edwin)

73. — La Tamise à Londres; eau-forte.

## EDWARD (feu Edwin)

74. — Marronniers à Burgats; eau-forte.

## ÉPINAY (d')

75. — Terre cuite.

## FABIUS-RIEST

76. — La Fontaine de Tazä en Kabylie.

## FEYEN-PERRIN

76 *bis*. — Tricoteuses.

## FANTIN-LATOUR

77. — Rheingold (Wagner); lithographie.

## FANTIN-LATOUR

78. — Tête de femme.

## FEYEN (Eug.)

79. — Une Assemblée bretonne.

## FEYEN-PERRIN

79 *bis*. — Pêcheuses bretonnes.

## FLAMENG

80. — Bords de la mer.

## FLAMENG (A.)

81. — Un Dessin.

## FRANÇAIS

81 *bis*. — Paysage.

## FRÈRE (Édouard

82. — Au Bois.

## FRÈRE (Charles)

83. — Petit Paysan bridant son âne.

## FROMENT (Eug.)

84. — Printemps; aquarelle.

## GALBRUND

85. — La Chocolatière; pastel.

## GASSIER (Georges)

86. — Forêt de Fontainebleau.

## GAUTIER (Armand)

87. — Huit Dessins autographiques ne se trouvant pas dans le commerce.

## GÉLIBERT (P.

88. — Prunes de reine-claude.

## GÉLIBERT (G.)

89. — Un coin de rue de Paris en 1879.

## GERVEX

90. — Un Dessin.

## GILBERT

91. — Intérieur.

## GOSSELIN (Ch.)

92. — Paysage.

## GOUPIL

93. — Tête de Femme ; étude.

## GRANDCHAMP (Pinel de)

94. — Baigneuse.

## GRIVOLAS (A.)

95. — Pivoines.

## GUILLAUMET

96. — Arabe.

## GUILLEMET

97. — Environs de Villerville.

## HACHET-SOUPLET (Mᵐᵉ)

98. — Roses.

## HANOTEAU

99. — Paysage ; effet de neige.

## HAQUETTE (G.)

100. — Le Petit Louis.

## HARPIGNIES

101. — Projet de Panneau décoratif.

## HAVILAND

102. — Faïence.

## HAMMAN

103. — Tête de Femme, aquarelle.

## HÉBERT

103 *bis*. — Pâtre dans la Campagne de Rome.

## HENNER

104. — Femme assise.

## HÉREAU (Jules)

105. — Le Berger.

Tableau offert par M. Henri Barre.

## HÉREAU (S.)

106. — Troupeau de moutons dans une prairie.

## HEULLANT

107. — Japonaise; dessin à la plume.

## JACQUET

108. — Une Figure.


## JOURDAIN (Royer)

109. — Pêcheur du dimanche.


## KNYF (De)

110. — Paysage.


## LA FRANCE

111. — Danseuse espagnole; terre cuite.


## LALANNE (Maxime)

112. — Paysage; fusain.


## LANSYER

113. — Chaumière au bord de la mer.


## LANSYER

114. — Cabane sur la côte de Granville. (Manche.)


## LAPOSTOLET

115. — Un Dessin.

## LAUGÉE

116. — Tête de Femme; dessin.

## LAUGÉE (Georges)

117 — Paysanne; dessin.

## LAUGÉE (P.)

118. — Un Dessin.

## LAURENS (Jules)

119. — Étude de fleurs.

## LAURENS (Jules)

120. — Dans la vallée de Caloron.

## LAVIEILLE

121. — Les Roches Courteaux de Verneux-Nadon (Seine-et-Marne).

## LAVILLETTE (Elodie)

122. — Marine.

## LAZERGES

123. — Un Dessin.

## LUMINAIS

123 *bis*. — Croquis, sanguine.

## LEFEBVRE (JULES)

124. — Graziella; esquisse.

## LEGRAND (RENÉ)

125. — Vaincu !

## LEMAIRE (L.)

126. — Fleurs.

## LEMAIRE (MADELEINE)

127. — Aquarelle.

## LÉPINE

128. — Paysage.

## LEROUX

128 *bis*. — Une Bretonne.

## LEVILLAIN (E.)

128 *ter*. — Marine.

## LÉVY (Michel)

129. — Le Repas en famille.

## MADRAZO

129 *bis*. — Une Figure.

## MEUSNIER (Mathieu)

130. — Cupidon ; buste terre cuite.

## MATHEY

131. — Environs de Louveciennes.

## MAX-CLAUDE

132. — Souvenir de Villers-sur-Mer.

## MERSON

133. — Saint Isidore, laboureur.

## METTLING

134. — Tête de Femme.

## MEYER

135. — Dessin.

## MINET (E.)

136. — Fleurs.

## MOLINS (DE)

137. — Chasse à courre.

## MONTEFIORE (Q.)

138. — Dessin à la plume.

## MONTENARD

139. — Paysage, bords de l'Indre.

## MORLOT

140. — Pastel.

## MORSE

141. — Gravure.

## MOYSE (E.)

142. — Un Joueur de mandoline.

## NOBLE-PIGEAUD

143. — Fleurs.

## DE NEUVILLE

143 *bis*. — Sujet militaire.

## NORMAND SAINT-MARCEL

144. — Batterie d'artillerie ; aquarelle.

## PALMAROLI

145.— Une Figure.

## PAPELEU

146. — Côtes de Saint-Raphaël (Var.)

## PARENT (Ulysse)

147. — Dessin d'après une composition de Jules Héreau,
     peint sur le mur d'une salle à manger d'auberge
     à Bernay-la-Ville.

## PARROT

148. — Ève.

## PUVIS DE CHAVANNES

149. — Dessin; sanguine.

## PELOUZE

150. — Paysage ; étude.

## PARVILLÉE

150 *bis*. — Plat en faïence, genre B. Palissy.

## PENNE (O. DE)

151 — Groupe de Chiens

## PIETTE

152. — Lisière de forêt ; aquarelle.

## PASINI

153. — Un Dessin.

## PISSARO

153 *bis*. — Paysage.

## POIRSON (MAURICE)

154. — Parisienne.

## PORCHER

155. — La Rivière d'Auray aux environs de Sainte-Anne-
d'Auray ; aquarelle.

## QUOST

156. — Fleurs.

## RARE (Daniel)

157. — La Promenade du bonze.

## RENOIR

158. — Tête de Femme.

## RICHTER

158 *bis*. — Odalisque.

## RICO

159. — Paysage ; dessin.

## ROLL (A.)

160. — Bacchante.

## ROQUEPLAN (Prevost)

161. — Tête de Femme.

## ROTH (M<sup>me</sup> E.)

162. — Un Dessin.

## ROUART (Henri)

163. — Paysage.

## ROUGERON

164. — Aquarelle.

## ROUSSEAU (Ph.)

165. — Nature morte.

## ROUSSEAU (Th.)

166. — Un Dessin

Offert par M. Barbedienne, encadreur.

## ROUSSEAU (Th.)

167. — Un Dessin.

Offert par M. Barbedienne, encadreur.

## SALLES-WAGNER

168. — Tête de Madeleine.

## SARAH-BERNHARDT

169. — Une Figure; étude.

## SCHILL

170. — Un Dessin.

## SCHREIBER

171. — Paysage.

## SCHNEIDER (Ch.)

172. — Italienne.

## SCHREYER

173. — Chevaux.

## STEWART

173 *bis*. — Une Figure.

## SÉDILLE (Paul)

174. — Paysage.

## SÉGÉ

175. — Paysage.

## SERVIN

176. — Marine.

## STEWARD

176 *bis*. Une Figure.

## SCHENK

176 *ter*. — Un Chien.

## STEINER

177. — Bateau de pêche; fusain.

## STEVENS (Alfred)

178. — Une Figure.

## TALON

179. — Buste de saint Sébastien; terre cuite.

## TATTEGREN

180. — Une Eau-forte.

## THOREN (O. de)

181. — Troupeau de bœufs dans la Campagne de Rome.

## THIOLLET

182. — Marée basse à la Rochelle.

## TILLOT

183. — Dessous de bois.

## VALADON

184. — Nature morte.

## VALTON

185. — Enfant lisant.

## VÉLY

186. — Une Figure.

## VERNIER (Émile)

187. — Marine.

## VERSCHUUR

188. — Un Dessin.

## VEYRASSAT

189. — Coupe de bois, Fontainebleau.

## VEYRASSAT

189 *bis*. — Un Dessin.

## VIGNON

190. — Une Saulée.

## VIGNON (Victor)

191. — Culture à Montesson.

Offert par M. le comte Borio.

## VIGNON

192. — Paysage.

## VILLEVIEILLE

193. — Dessin.

Offert par M. Hadengue.

## VOLLON

194. — Un Dessin.

## VUILLEFROY (DE)

195. — Bœufs à l'abreuvoir.

## WAGREZ

196. — Souvenir d'école.

## WILLEMS

197. — Seigneur hollandais.

## WORMS

198. — L'Espagnole ; dessin à la plume.

## YON (EDMOND)

199. — Bords de la Seine.

200. — Un Carton de dessins de Fromentin avec texte, par M. Burty.

Offert par M. Burty.

PARIS. — Impr. J. CLAYE. — A. QUANTIN et Cⁱᵉ, rue Saint-Benoît. - [162]